VOLUMEN VII
Eva & Pozo de Orden

CANTERO EDITORIAL

Escrito e ilustrado por
DAVID **CANTERO**

Dedicado a mi mentor y único padre que he tenido, Monsieur Nicolas Broca

Agradecimientos:

Werner Neirinckx - Lilo Arpen - Mariana Calvo - Fermin - Néstor Martínez Martínez
Jose Jorquera Blanco - Marcos Celada - Guido Kling - José Luis Limeres - Mayantigo Costa González
Jose Antonio March Cortina - Alejandro Marcilla - Paco Niñirola - Jandro Vamnunelsem - Jose Javier
KhiLeS - Víctor Duro - Joan Crisol - Néstor Santiago - Gersam García - Xabier Maañón

CROWDFUNDEADO
VERKAMI

EXODUS - Volumen VII - Eva & pozo de Orden
Primera publicación, MAYO 2025, TM & © Copyright 2019, todos los derechos reservados.
Todos los personajes descritos en este libro son © Copyright 2018 DAVID CANTERO / CLASS COMICS INC,
y están protegidos por todas las leyes aplicables. Las historias y eventos que se muestran en esta publicación
son ficticios. Cualquier similitud con personas vivas o muertas es pura coincidencia. La similitud y las
semejanzas de individuos vivos se utilizan con amable permiso. Con la excepción del material gráfico utilizado
para fines de revisión, ninguno de los contenidos de este libro puede reproducirse sin el consentimiento
expreso por escrito del editor, CLASS COMICS INC. Impreso por COSMOS GRÁFICO.
Todos los personajes descritos en esta publicación tienen 18 años de edad o mucho mucho más.

Los cómics son fantasías. EN LA VIDA REAL, POR FAVOR PRACTICA SEXO SEGURO.

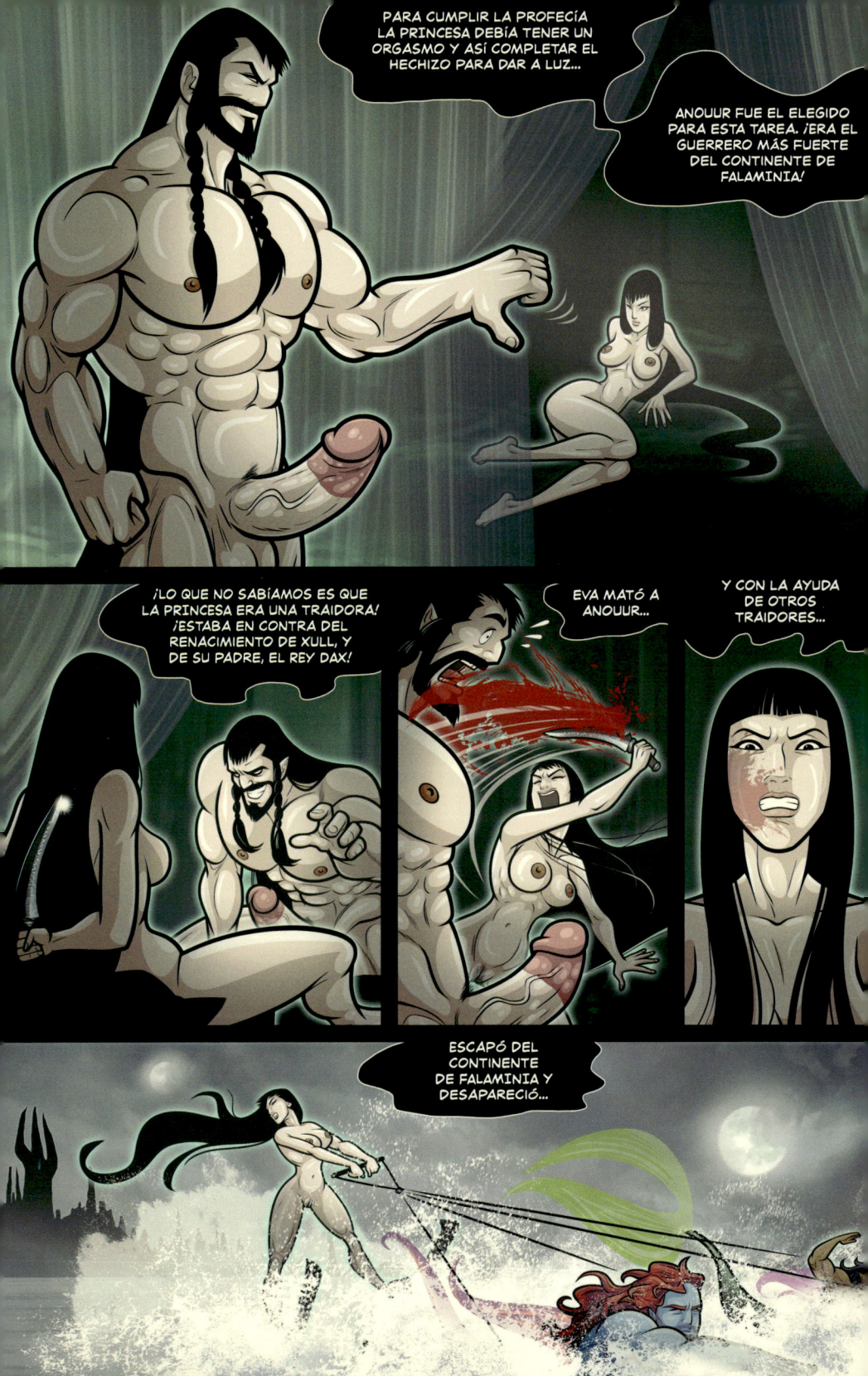

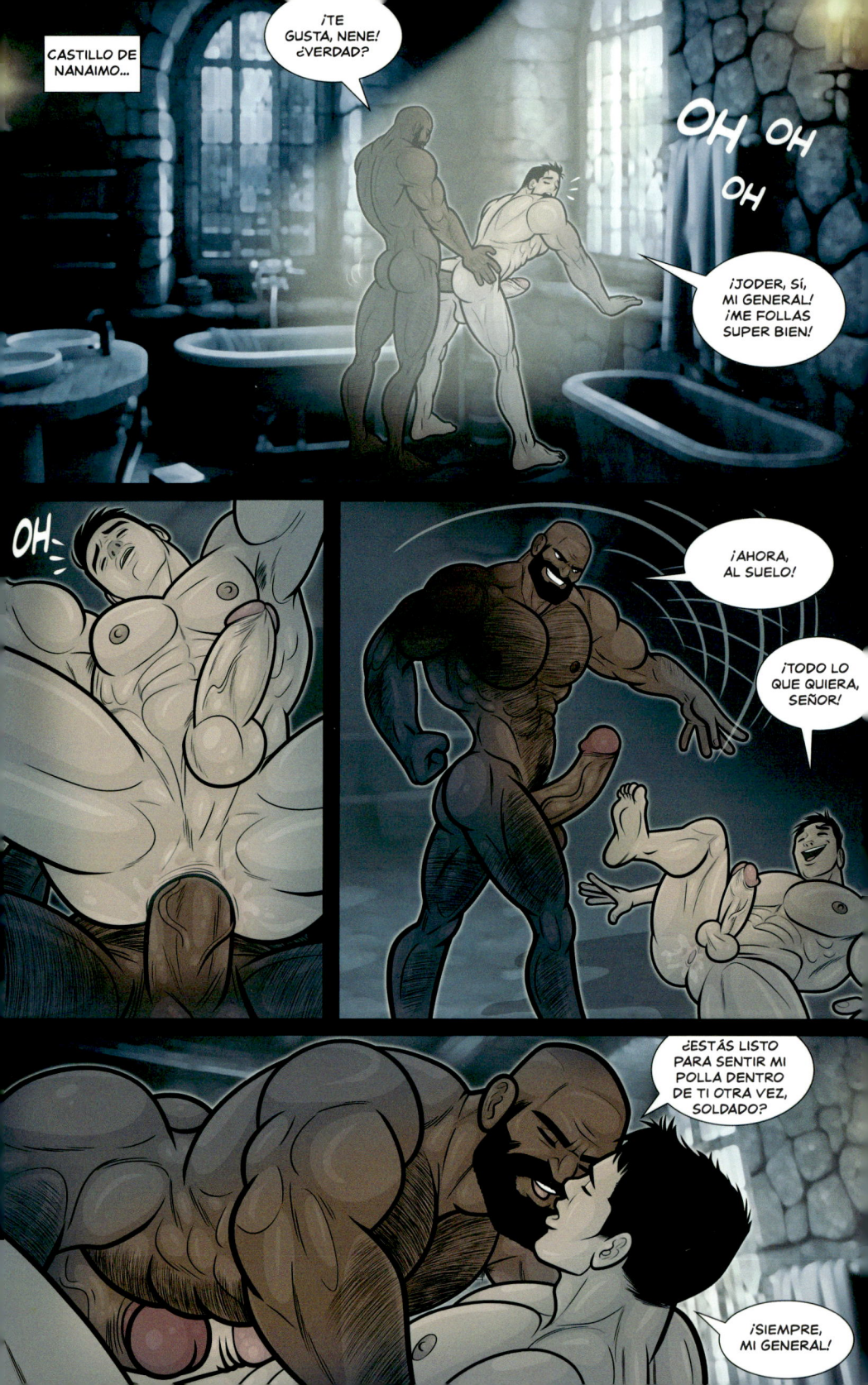

EURIBATOS...
¡EURIBATOS, DESPIERTA!
¡SOTA! ¡HERMANO!
LO SIENTO MUCHO QUERIDO HERMANO...
TENGO MALAS NOTICIAS ...
¡ME TEMO QUE PIPPA ESTÁ MUERTA! ¡ME CAPTURÓ UNA CRIATURA QUE PUDO HABERLA POSEÍDO! ¡Y ESE MONSTRUO ME TRAJO AQUÍ!
¿QUÉ? ¿CÓMO? ¿POR QUÉ?
¡POR FAVOR, ESCÚCHAME, EURIBATOS! NO SÉ CUÁNTO TIEMPO NOS QUEDA... ¡VI ALGUNAS COSAS DE NAIA EN EL BARCO DONDE VIAJABA PIPPA!
¡ESTOY SEGURO DE QUE SE LLEVÓ A NUESTRA HIJA CON ELLA!
¡POR FAVOR, HERMANO! ¡ENCUENTRA UNA MANERA DE ESCAPAR! ¡CUIDA DE NAIA, PROTÉGELA! ¡TE LO RUEGO!
¡CLARO, SOTA! ¡LO PROMETO! ¡PERO TÚ Y YO SALDREMOS DE AQUÍ JUNTOS, HERMANO!

ESE AÑO ÉRAMOS 4 APRENDICES... PIPPA, TU MADRE, QUE TENÍA UN DON PARA LOS ELEMENTOS...

MARIANA, QUE ESTABA CONECTADA CON LAS EMOCIONES Y LOS SENTIMIENTOS...

LILITH, QUE CONTROLABA LA NATURALEZA ...

Y YO, AMALA, QUE YA VIVÍA CON LOS ESPÍRITUS...

EN AQUEL ENTONCES, DOS HECHICERAS ERAN RESPONSABLES DE NUESTRO APRENDIZAJE: AINOTNA, LA PÚRPURA, Y CALIXTO, LA ESTRELLA FLORECIENTE.

AL ESTAR SOLAS EN LA ISLA, LAS 4 CHICAS NOS HICIMOS AMIGAS...

SOLÍAMOS JUGAR A UN JUEGO EN EL QUE PRETENDÍAMOS SER LA REENCARNACIÓN DE UNA DIOSA...

PERO LILITH REALMENTE CREÍA QUE ELLA ERA LA REENCARNACIÓN DE LA DIOSA MUTI*...

¡Y NOS PROMETIÓ QUE UN DÍA VIAJARÍA A NEO-NEXUS!

LO QUE NO SABÍAMOS ES QUE AINOTNA ESTABA CONSPIRANDO PARA MATAR A CALIXTO... Y LILITH LA ESTABA AYUDANDO PORQUE LA HECHICERA LE PROMETIÓ ÉXITO Y RIQUEZA.

* VER VOLUMEN 0 "MITOLOGÍA DEL NEXUS"

¿PERO QUÉ COÑO?

¡ESE ES AMAT, EL DIOS DE LA FORTALEZA!

FRUANA, ¡LA DIOSA DE LA ARENA!

¡Y VRAM, EL DIOS DE LA CAÍDA!

¡SON LOS DIOSES DEL AMOR! ¡LOS BASTARDOS DE VERA!* ¿CÓMO SE ATREVEN A INTERFERIR EN NUESTRA CEREMONIA?

¡HAZ ALGO, BRUJA!

* VER VOLUMEN 0 "MITOLOGÍA DE NEXUS"

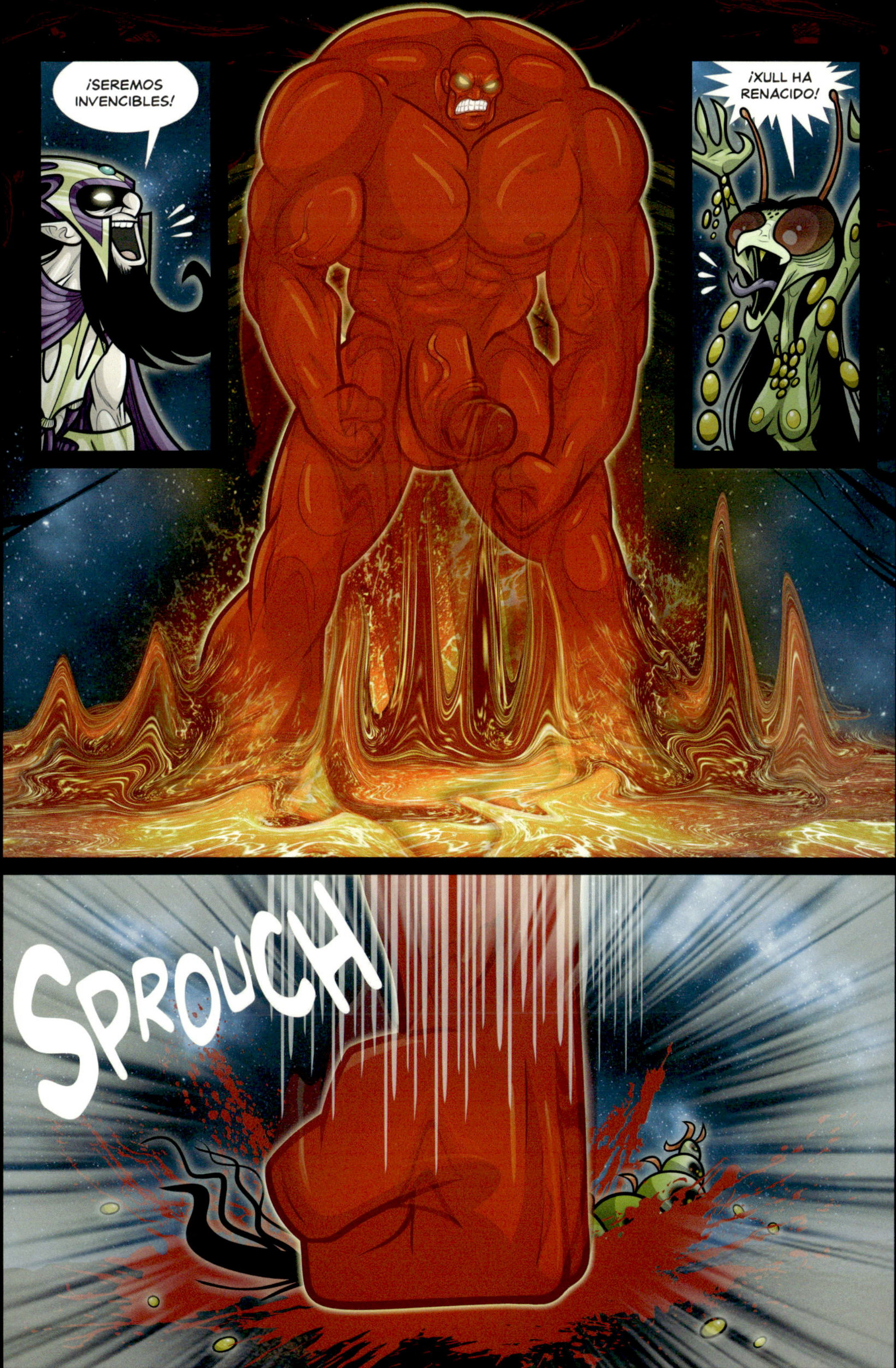
¡SEREMOS INVENCIBLES!
¡XULL HA RENACIDO!
SPROUCH

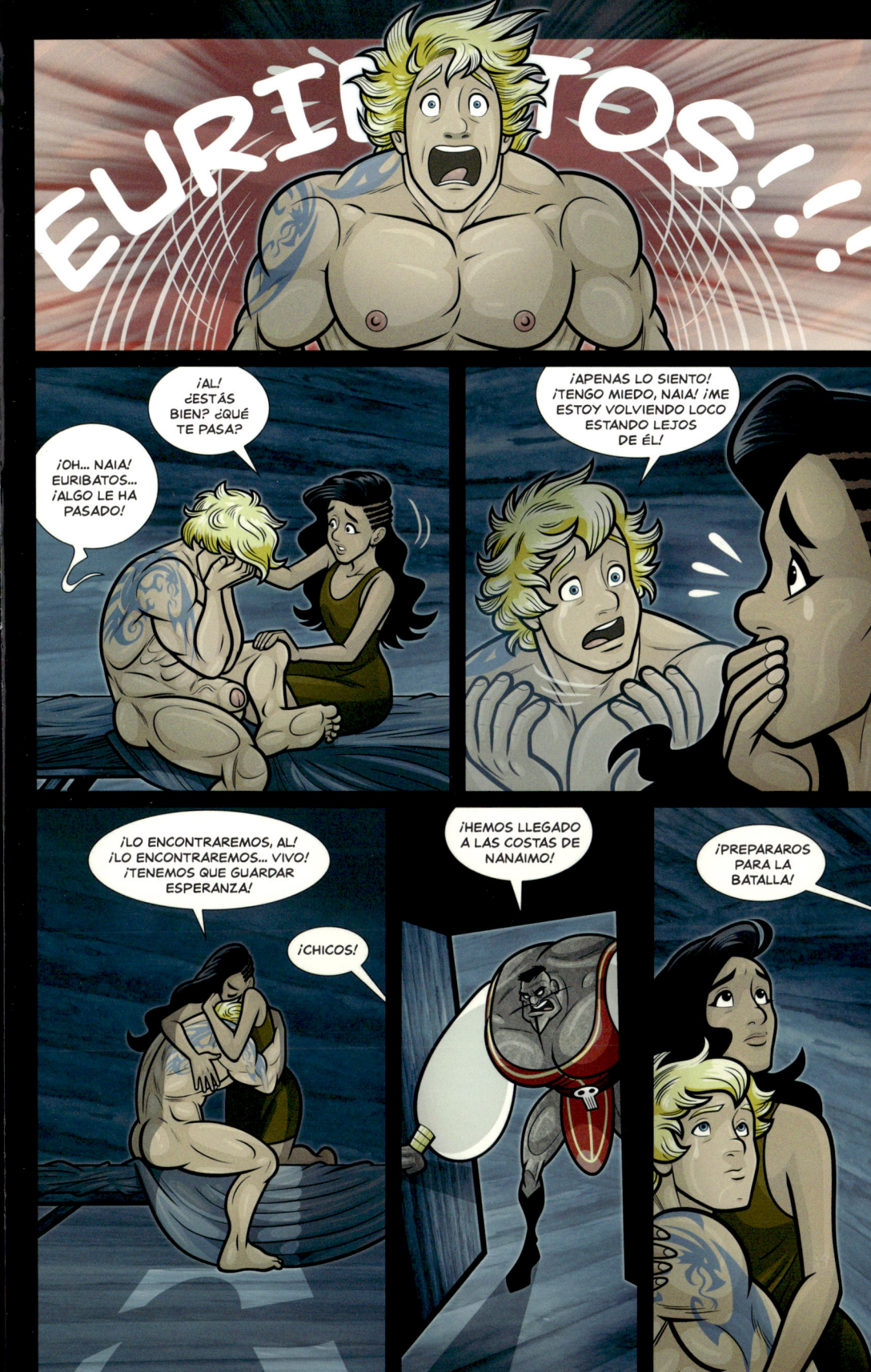

continuará en...

VOLUMEN VIII
La batalla de Nanaimo
& El reencuentro

CANTERO D 2023

Ya disponibles en
www.davidcantero.com

* Todas las publicaciones en formato papel y digital

Saga EXODUS

EXODUS
Volumen XII
...

EXODUS
Volumen XI
...

EXODUS
Volumen X
...

EXODUS
Volumen I
Sibaris de Cirfis

EXODUS
Volumen II
El Nebull & Tarkann

EXODUS
Volumen IX
La llamada
& Las puertas

EXODUS
Volumen III
El Valle de la Niebla
& El Viaje

EXODUS
Volumen VIII
La batalla de Nanaimo
& El reencuentro

EXODUS
Volumen 0
Mitología de NEXUS

EXODUS
Volumen IV
CUAM &
La mina de oro

EXODUS
Volumen VII
EVA & Pozo de Orden

EXODUS
Volumen V
Aruma & Godoo

EXODUS
Volumen VI
Luz & Sombra

Previsión de 12 volúmenes
+ 1 volumen especial de Mitología

Otros TÍTULOS:

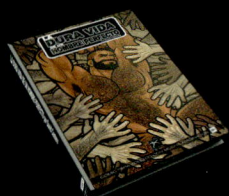

LA DURA VIDA DE UN
HOMBRE PERFECTO

PEOPLE

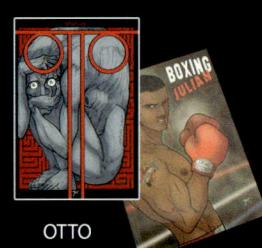

OTTO

BOXING
JULIAN

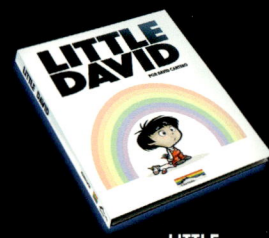

LITTLE
DAVID

Apoya mi trabajo en *www.patreon.com/davidcantero*

 PATREON | **DAVID CANTERO**
PATREON.COM/DAVIDCANTERO

CÓMICS PARA ADULTOS CON UNA GRAN IMAGINACIÓN